ADAPTED BY / ADAPTADO POR
Teresa Mlawer

ILLUSTRATED BY / ILUSTRADO POR
Olga Cuéllar

The Three Little Pigs

Los tres cerditos

Adirondack Books

Once upon a time there were three little pigs. The three brothers lived happily with their mother in a little house in the woods.

Había una vez tres cerditos. Los tres hermanos vivían felices con su mamá en una casita en el bosque.

The little pigs grew up and decided it was time to find their own way.

"Mom, we would like to see the world, and have our own houses."

"That's fine with me, but make sure you find a safe place and build strong houses to protect yourselves from the big bad wolf."

So, the three little pigs traveled to the other side of the woods and found the perfect place to build their houses.

Los cerditos crecieron y decidieron que era hora de encontrar su propio camino.

—Mamá, queremos recorrer mundo y tener nuestras propias casas.

—Me parece bien, pero busquen un lugar seguro y construyan casas resistentes para protegerse del gran lobo feroz.

Así que los tres cerditos fueron al otro lado del bosque y encontraron el lugar perfecto para construir sus casas.

The youngest pig, who was a bit lazy but very playful, said:
"I will build my house of straw, which is light. I will finish right away so that I can go out to play."

El cerdito más pequeño, que era un poco perezoso pero muy jugetón, dijo:
—Yo construiré mi casa de paja, que no pesa. Así terminaré pronto y podré salir a jugar.

The middle pig, who was more sensible but loved to eat, said:

"I will build my house of wood, which will be stronger. It will take me longer, but as soon as I am finished, I will go out to collect acorns."

El cerdito mediano, que era más juicioso pero muy comelón, dijo:

—Yo construiré mi casa de madera, que será más fuerte. Me demoraré un poco más, pero tan pronto termine saldré a recoger bellotas.

The oldest brother, who was very cautious and hardworking, said:

"I will build my house of brick and cement, and it will have a chimney to keep the house warm in the winter."

El hermano mayor, que era muy precavido y trabajador, dijo:

—Yo construiré mi casa de ladrillo y cemento y tendrá una chimenea para mantener la casa caliente en el invierno.

Not far away, hidden behind a tree, the big bad wolf was watching as the three little pigs built their houses.

No muy lejos, escondido detrás de un árbol, el gran lobo feroz miraba cómo los cerditos construían sus casas.

As soon as the houses were finished, the big bad wolf approached the house of the youngest pig and knocked on the door:

"Open the door and let me in or I will huff, and I will puff, and I will blow your house down!"

The little pig was very frightened, so he did not open the door, and the wolf huffed and puffed and blew the house down.

Cuando las casas estuvieron terminadas, el gran lobo feroz se acercó a la casa del cerdito pequeño y tocó a la puerta:

—¡Abre la puerta y déjame entrar o soplaré y soplaré y tu casa derribaré!

El cerdito pequeño tenía mucho miedo y no abrió la puerta. Entonces el lobo sopló y sopló hasta que la casa de paja derribó.

The little pig went running to the house of his middle brother.

The wolf followed him, knocked on the door, and said:

"Open the door and let me in or I will huff, and I will puff, and I will blow your house down!"

"No, no, go away!" yelled the two very frightened little pigs.

The big bad wolf huffed and puffed until the wooden house came down.

El cerdito pequeño salió corriendo a casa de su hermano mediano.

El lobo lo siguió, tocó a la puerta de la casa y dijo:

—¡Abran la puerta y déjenme entrar o soplaré y soplaré y la casa derribaré!

—¡No, no, vete de aquí! —gritaron los dos cerditos, muy asustados.

El gran lobo feroz sopló y sopló hasta que la casa de madera derribó.

Then, the two little pigs went running to the house of the oldest brother.
The big bad wolf followed them, banged on the door and said:

"Open the door and let me in or I will huff, and I will puff, and I will
blow your house down!"

The wolf huffed and puffed, huffed and puffed, but not a single brick
came down.

Entonces, los dos cerditos salieron corriendo a casa del hermano mayor.

El gran lobo feroz los siguió, golpeó la puerta y dijo:

—¡Abran la puerta y déjenme entrar o soplaré y soplaré y la casa derribaré!

El lobo sopló y sopló una y otra vez, y ni un solo ladrillo se derrumbó.

The furious wolf went to look for a ladder to climb to the roof and come down the chimney.

However, the three little pigs had a great idea: they placed a large pot of water on the fire, and when the wolf came down the chimney, he fell into the boiling water.

El lobo, enfurecido, corrió a buscar una escalera para subir al techo y bajar por la chimenea.

Pero los tres cerditos tuvieron una gran idea: pusieron al fuego un caldero con agua, y el lobo, al deslizarse por la chimenea, cayó en el agua hirviendo.

He was so frightened that he jumped up and started running and howling, and no one has ever seen him since then.

Tan grande fue su susto que dio un gran salto y salió corriendo dando grandes aullidos, y desde entonces nadie lo ha vuelto a ver jamás.

The three little pigs learned the lesson that their mother had taught them. They now live happily, each one in his own little house made of brick and cement, but they always find time to spend together.

Los tres cerditos aprendieron la lección que les había enseñado su mamá. Ahora viven felices, cada uno en su casita de ladrillo y cemento, pero siempre encuentran tiempo para estar juntos.

TEXT COPYRIGHT ©2014 BY TERESA MLAWER / ILLUSTRATIONS COPYRIGHT©2014 BY ADIRONDACK BOOKS

FOR INFORMATION, PLEASE CONTACT ADIRONDACK BOOKS, P.O. BOX 266, CANANDAIGUA, NEW YORK, 14424

ISBN 978-0-9883253-4-0   10 9 8 7 6 5 4 3 2 1   PRINTED IN HONG KONG